巧
合

阿兹海默兽

丝绒陨 著

上海文艺出版社

目录

上辑　阿兹海默兽

脱壳　3

寄居于一身　4

魔鬼的袖珍　5

不安之人　6

房间里的海　8

镜中　10

易容　11

横肉　12

折返　14

探照　16

夏之病室　17

领会　19

显形　21

游牧　22

言说之痛　24

独居者　26

夜游者　28

遗忘的那一边　30

永无抵达　33

边界　35

下辑　宇宙脱粒机

虹膜下　39

自愈术　41

无法承受的事　43

后事　46

球体之诗　48

我亦在镜中　53

先觉　56

回忆风情画　58

握住蛇骨　60

诗　63

解除静默　64

偷火车　66

环龙环游记　68

38　70

露的痕迹　72

死囚的漫步　76

开始之前一切就已终结　78

地表60度　80

我和那沉闷的世界　82

回忆赋格　84

露水的人　88

我的灵魂是一座迷宫般的房子　89

每日逃亡　93

抵达的预感　96

几乎一样真实　97

诗人应当保持沉默　98

无法参透奥义之诗　100

失语指南　102

星期四到土拨鼠的短途旅行　104

两次死亡　110

热敏纸风暴　113

很多雨下在我身上　122

小练习　124

上辑　阿兹海默兽

2022

脱壳

我用五颗面包换来高处的死亡,而懊恼的泉只盼着一命呜呼。安宁是暴躁者的归宿,一如喧嚣是众多寂静多雨的寓所。风暴快速通过,如穿针的古老手艺活,你与我——淋雨之人,为了避免相互认出,各抱持一片田野而不再前行一步。至于猎手——不再有希望被治愈,只等他嘶鸣的陷阱捕住大风,去磨尖暴雨的锋面!我用高处的死亡换来五位不再合唱的旅人。祝你们康健!饮无忧之酒。与此同时星体的米粒在宇宙的脱壳机里初次脱壳。

8月27日,腾冲

寄居于一身

除去我体内的泥浆和不能服众的狗不说,跨过整座林子和暴怒的村寨,来到这设计师之都。我身上悬置着一个机巧的开关——陌生人的膝盖,这使我走动时多少不便。但不便推动我走得更远,不时调整姿势使之更像风吹松枝时的摇摇晃晃。尽管不属于我的众多嘴唇从未停止从我身上吸收养分,但它们也从不纤尊向我问好,一次也不。

8月27日,BK2798

魔鬼的袖珍

尽可能早,尽可能袖珍,参加完天使培训班,我打算制止魔鬼们的抒情。魔鬼始终愧疚和多疑,很难取悦,并不渴求来自世俗的肯定,我猜某种绞痛束缚住了他们。他们在悬崖上攀岩,伫立稻田间驱逐鸟儿,有时他们手捧割伤的热情四处搜索,有时他们就依偎在交易所的外壁上无所事事地擤擤鼻子。以至于多少年来东倒西歪的路,唉!东倒西歪!还是走吧,直至风景到处都是,却无路可行。毕竟从不关心蚂蚁怎么活。

8月28日

不安之人

那在雨里安置鸽子的人和在火光里变得安静的人,再次是同一人。那受伤的安魂曲将不得不再次被迫吟诵,新的松涛阻止更多的交谈。只在必要时,镜子才为进入它的人举办吞噬仪式。而我——这终身受困于自我而无法脱身,在此地总感到不适——不安分的人,无论如何都自以为狱卒的囚徒,如何从鸟鸣声里摸见钟面,而以遗忘的水位标记逝去的速度?我在我体内流亡已久,时值八月,大雪已令我体内的山岭与地表皑然。一如无法用记忆偿还往昔,海浪也不再复现。

       8月26日,腾冲

房间里的海

醒来之后,我发现我的床往左侧也就是房间内侧移动了半寸,我伸手摸索靠窗那一侧的地板,想找到拖痕——之前用眼睛我没能找到它,也许是房间内光线太过昏暗的缘故。然而心里一直有个强烈的信号不知疲倦地告诉我,床向内移动了半寸,恰好半寸——不多也不少。

醒来之前,我或许已梦见过海——这样回想起来,渐渐想起梦见自己是一条船,搁浅在岸,潮汐一遍遍清洗我斑驳掉色的船舷。

醒来之后,发现是在陆上行舟。月光倾窗而入,如<u>丝丝幽暗</u>的缆绳牵引着房间,而我始终未能摸到那确信无疑的半寸拖痕,和房间里的海。

8月8日

镜中

一直以来,我是自己拙劣的模仿者。跳舞的树和不跳舞的树则是两种不同类型的运动家——可以肉眼分辨它们的摇摆能否落入晚霞松弛下来的轨迹。我们重视过程但也不轻视结果,睡觉时恐怕也醒着,暴雨中的房子却有种奇怪的坚忍。等解雇一个昏暗景区的所有人员,那一大片树林就将婉拒人类。我们——无数冰冷的钟声,失了魂落了魄,一起回荡在镜中。

9月1日

易容

旧闻赐给太多泪水与怒火,以至于感到相貌也被改写。于是在彻底戒网几天后的一个清晨,洗手台前的镜子里,他,越狱者般,倒真发现脸变得好硬,起初只是用小指在耳垂下抠,继而以食指和中指往外撕——把那不再属于他的面具般的硬痂揭下了。整张脸是一个疤!

5月17日

横肉

横肉是一道横向的风景。作为靶子，横肉将承担更大的受射面积，因此，他们也是最危险的肉群。彼此牵连的，因种种际会而相聚在同一意念下口吐莲花的，是另一种迷人的凸起，有时他们财迷心窍，会在雾中伪装为雾的一部分，而实际上他们啥事不干，终日凸起在肉面上，就像鬼魅般的岛屿总爱诱导船只撞沉。在另一个星球的探索者看来，自始至终，肉的海发出一种断断续续的沉闷的低响——几乎很难有肉类可以听到——肉类大多已因为彼此遗忘而失去听觉。也有一种生物通过研究考证，大胆提出推断：这种声响，事实上是拴铃——就像着火的阉伶所歌颂的那样，为免彼此遗忘，他们时不时要在对方身上系上小小的拴铃。

8月20日，长沙

折返

我把一束过于冷静的火焰安在你水杯的月影里,我说人头攒动不过是蜃楼一呼吸,我从许多个旋转门进入这个垮塌房间内部,我叫卖我的眼泪做的计时器和死皮制的沙漏,而我的笑声不过是一百二十支羊毛织的冷峻试验,我在驼背的平原上跑步时遇到一个酸过头的橙子,我取下我的帽子像灭一盏灯,我发誓你是世界上最迷人的生物虽然雨林和水族馆纷纷对人们提及的多样性感到厌烦。是的,我不止一次从你身前折返希望你看到我,像这样来来去去已积累一光年的里程(而任何一家航司对此都不置一词），我不止一次摇晃，碎裂并再次集合为完整的，我期望答案和救护车吗？我有没有想起那梨形的友人在某个寒冬深夜的天桥上抓住我的手而不是此刻浮动的乐声里我等着水滴从身体流尽，我错过了水文站的那十几份报告。我想再说一遍，我成百上千次从你身前折返尽管我仍安坐于此，我正抓紧最后一点时间研究声呐以便完成这次的海洋科学勘探，得赶在午夜降临前，真得抓紧了。

8月19日，长沙

探照

如何向盲女描述夜路尽头的月亮照亮旅人一闪即逝的面庞？如果我们对待树皮就像对待泉眼，对待孩子们就像对待歌剧院的每一盏吊顶灯。我们燃烧胶着的局面就像燃烧给孤儿们制作的面具。我们倾向于敲击，并得出一条稳定的曲线。我们四处游荡，搜寻，追击，直到找回了脱白的晚霞和苍白之心，我们的天空里现如今到处漂浮南瓜和胖大海。我和第二个我同时抬头看了看月亮，不知道为什么——同时在树梢上停了下来。

9月1日

夏之病室

蝉鸣骤起，雨声忽止。动魄的图景沉入又一个以为殉葬的黄昏，平静如此公道，担负着此时晚霞的显赫。我暗暗想到我的死，想到我年纪已不轻，五点钟，街上的气球和星期三的双彩虹，童年的一个孤独游戏，铁锈，狗尾巴草，一九九七年一个夜晚的烟花，几点了？你是否已睡熟？得赶在你梦醒之前把常来做客的晚风介绍给道旁树，玻璃病房里呼吸着的安静则刚刚开始施展，我触摸——安静——那小小的肿块正遵从其运行规则恰恰移动至我胁下半寸。但我的双手已然焦枯，无法随之运行下去,我耳也无法继续听聆今日之哀声。钟声始终遥远,想念的人至今仍在远方……哦,不可抵御!病中的雨林,驻留高高低低却难以察觉的热情。当扑面而来的暗夜终于翻转手中的牌,将浸染忧愁的灯光一把梭哈……既已流落至此,在我的膝上,还要摩挲什么样的岸呢?在令人憎恶的窒息中,竟闻到了无言终点的一丝烤饼之甜香,几点了?我们什么时候走呢?

6月29日

领会

  为了争夺冬天的客厅,房客们颇费了番心思。他们早早醒来,学鸟叫,瞭望雾流,把烧水的炉子弄得哐啷作响。告别睡梦既是告别美好也是告别阴冷与酷烈。在这之前有谁注意过,海岬上的巨石升起明月,海浪撞击所致的皲裂使其镀层瞬间变成点状——但永不能同由另一惊惶的部门所管辖的星星们混为一谈。人管辖星星?世上就是有这等静悄悄的荒谬事务,枯藤,斜阳,遗失在山中小屋的一串风铃之声,还有使他仍然渴望活下去的怦然心跳。一如深渊领会了他的寂静,从未有过的伤口如今都已愈合，与粗制滥造的热情永难达成和解。

9月2日

显形

死神领养了一颗星星,牧者从木屋取走一枚遗失过的木楔。忠于黑暗的眼睛不会去观看被灯光照亮的地带,鱼鳞上映现的彩虹恬然隐入阴翳下的溪流。只有诗歌——我们尽力歌颂的一把沉默,像被揪住的鱼尾显现于水的遁形,试图逃离摇摇晃晃的堤坝。

9月6日

游牧

在一首诗和另一首诗之间游牧,被未知的雪和草驱赶着,一夸脱[*]的悲伤闪袭。我写,而谁趴伏在纸背上偷偷窥探并呼吸?撬开我的背——一片哗然的雪盖;掀开火焰!就像掀开暴风中记忆小屋那羸弱的屋顶。很快我就厌倦了有人的场合,喧哗挟持我自港口逃离。再见了,一起卷烟叶的人!再见了,总有舞可跳的小丑!忧郁的大师远离厅堂独行于湿冷的荒原,鼠

---

[*] 容量单位,主要在英国、美国及爱尔兰使用。1英制夸脱等于1.1365升。

辈在温暖的壁炉旁结营——房间里挤满失业者，比赛用马克笔涂马赛克。梦宫的岔道上捡到半截被抛下的诗，无法将其完成，而在现实分殊的蛛丝小径，我与我的灵魂永不相交。

9月7日

言说之痛

言说的痛感——当语速快于他所能承受,那些粗糙的字句硬生生刮痛喉壁,那气息择几路而行,缠绕在舌苔的黏连不散,撞击在齿崖和岩缝的迅猛顽强,又或是取道鼻孔的,潜伏如幽幽所在……于是共同汇合为声的暗流,涌向另一个,一个个——同在生命体盛大躯壳中寂然消逝的捕捉器。

当语速过慢,在难得的休憩带来的平静背后,他也微微感到受了羞辱——词句伙同一种永在的空无怠慢了他。一只凶狠的鳄鱼正咬住自己的喉管在浅滩拧转，而他的脚像圆规的划脚时而腾空划出无形的轨迹，时而在泥地上拖曳出徒劳无心的圆，直到无论怎样用尽气力也无法发出的嘶喊来到众多声音的尽头，冷冰冰冷冰冰，那穷尽沉默的管道终于被完完全全地撕扯开来了。

10 月 15 日

独居者

那些大呼小叫的,大惊小怪的,推搡着步入静默之厅的临期宾客们,终于入住受控于夜族的酒店,现在他们还未知觉将要被困在无辜的窗户后面,被困在孤立无援的枝头,和昼夜喧闹的洗衣机旁。现在他们将来到浴室里受刑,到铁叉上经受火烤,待成熟后果实般坠地腐烂。以至于在棉签一次次深入自我的作用下近乎荒诞地报告自己尚无异常,却早已滑向那不断倾斜的舞台边缘,就像所有的梦不是梦,轻就是重,与日俱增的静默把声音的重量加在禁锢的头脑上,他终于可以头重脚轻地自行投河了——托您的福，连同身下的床板漂往河的下游。很快，罐头厂的死水上就会开出绿花，铁锈就会像救护车满城跑那样爬满肩胛骨，继而是空无一物的后背——只有死亡屏息凝神，夜幕一般静静伏在那上面！

5月31日

夜游者

对我来说,在黑夜的街上喃喃自语的游荡者形象已然太多,我已不再书写,抑或谈论他们。

他们依然迷路,进去一座房子,他们出来,窗口点亮又倏忽黯淡。

对我来说,那焦渴的凝望只是淡然的一瞥,而来去自如的夜风独具荒野的气息,一次次袭来如海滨之梦的幻象涨落不息。雕像和面孔遭损毁,一段段被雨侵蚀过的宁静,废弃的船告别了什么人,星光点点,睡眠，你，伞柄般被收束于黑色伞面的潮湿身躯。

其他野兽呢？其他撕咬鲜花而满唇鲜血的野兽，是否也游荡在时间之外？大地的触痛已平复，徒劳的哀啸从不妨碍夜幕下巡游的队列扩充至一望无尽。

哦，夜灯下的领路人，你是否也在其中？拖拽着尚未从梦中逃逸的一丝惶然，你面色苍白好似一面耗尽光芒的镜子，照出外面纷纷的人影都是照出内里的你。

11月4日

遗忘的那一边

你走路的样子就像是怀里揣着一袋四个装的红豆小面包。事实上一切都还好,四个可爱的小东西正紧紧挨着,互为壁垒,彼此支撑以达到平衡,根本无需担心。

而一旦松开,它们就会像调皮的小精灵那样四散而逃,一眨眼就跑进晨雾中的小树林——你妄图跟踪它们任何一个都是徒劳,只能摊摊手从那些安静得像是没人住的人家那儿走回来,你要么指望它们闹腾够了自己回来,要么只管自己行动——慌张之下,你忘了接下来有什么安排:九点约了什么人见面?是在卡路里路还是在阿里斯托芬大街上(路名明明是你从别的哪个梦中剽窃过来的,还是说你在某处看了那关于云和马蜂的戏仿拼贴游戏?)那个每天如鬼魅般营业到下午两三点兴许就打烊的小得可怜的咖啡馆?你被记忆晃点了,恍恍惚惚。

兴致来了,你还能随手捡起一块怪模怪样的石头,给它编上一段故事,以至于在这迷路的当口不至于一无所获。

很快你就感到一丝气馁,这时想必你抬头,便瞧见启明星正待在牛奶蓝的天空中,而一只蓝色的松鸦从树顶一掠而过,像一枚逃逸出屏幕的光标,像一个信号,告诉你唯一可行的就是走到遗忘的那一边。

10月3日

永无抵达

那声波的线，会不会也随夜车的颠簸就像风吹柳条或更轻更绵长的线那样舞动？他感到只身伫立荒原，鼾声的丘陵让地势难平，而深不见底的黑暗阻隔着更多无法抵乡的人。

他没日没夜勘查地形，正午，午夜，在呼吸的鼓胀中愈合了最多的伤口，祖国，你在一场雨中显影。高高低低的还有地平线上落难的风筝。

感到辛苦但为醒着感到幸福，他看着

那些沉睡中的人们，一厢厢，一格格……
尚未抵达的就永无法抵达了。

10月13日

边界

无法穷尽对于你的想象,哪里是你的边界?即便在一首诗所能到达最远的地方,雨落在那临时划定的边界上,如兽困意满身。

我还在那极远之地茫茫然找路,我无处可去。我预计我会消失,在烧毁的废墟和雾蒙蒙的花园偶尔显现的不是我的身躯,而是我影子的众多同谋在试图分解和吞食我。但我必定已在那儿留下狐狸的尾迹,那属于灰暗声音的哑然,那树,呼啸的银光闪闪。

谁的眼睛目视已然苍老的流星仍在流浪,失明者空芒的眼窝里有湖水一样贮存起来的小小的光。我们生命的幌子,沉闷的绝响,暴雨如织,边界不断向暗地偏移,避雨的人彼此之间全无交集。

11月5日

下辑　宇宙脱粒机

2022

虹膜下

在我们微苦的虹膜下
结着白霜。踏过灰鼠的河
在无人探察的黎明地带
挥开迭迭起落的雾

一门语言构造精巧
轻捷如蝶翅的震颤
——将传给我饶舌
下午的静止与哑口的痛

沉重如隐忍的房屋,楼栋,船锚
倾斜如钓线,雨丝和拉满的弓

完整如纸上月,瓶中蝇
桌上皱缩之柑橘

死神在我们中间挑挑拣拣
把剩菜烂叶扫入残旧的名册
一份讣告如旅行指南分发给游客
古老的人们早已睡下

3月31日

自愈术

四月,变回一块石头
被瓷器轻易地击碎
通体雨水的反光
如着一身潮衣

压低声音,攀越末日里
发光的小山丘
渐次从那儿升起的
失明者的五等星

四月,变回无眠的大风
猛禽扑啄蜷缩的脆窗

街市上冻着柿子般的游魂
夜晚驱赶灵车驶入隧道

依然在梦中;在几个梦之间折返
依然在梦中标记遗失的地址
愈合那些自下午开始扩散的
患处的乳白

4月2日

无法承受的事

每次都像是第一次醒来
要成为祖先。觉得灵魂永远掉落
一块。像一块永远被饿疯的狗
穷追的肉

每次都在一个比这里更远
也谈不上更好的世界
逃走的竞赛。与很多人打牌
与很多人抽签领那无用的冰锥

无法承受的事还未发生在我身上
但深深的勒痕早已卡住脖子

每次都像是脱掉一个完整的自己
只留下那残缺的

事先我已感到一切
距离,套索,悬空的脚,烙铁般
烧红的双眼,投入冰凉的空气

事先我已承受一切
天空,树丛,孩童吵嚷,电话亭
人在人的外面绕道而行

细雨敲击,细雨载着我
细雨切分鸟鸣的多声部
推小小的车穿过夜色久暗的残骸
野兽安详,锁住花之幽香

完整的生活已然破碎
我们依旧在水流的分岔处
搜寻巨大的漂浮物

无法承受的事还未发生在我身上
眼泪——某种测伤痛的试剂
将分给更多的人

        4月15日

后事

童年的我就曾梦见现在的你
你的肖像叠加在
反复描绘的一幅肖像上
有一次我赤裸
树枝般斜躺在
大浴室的冷光灯下
幻想着我的死
——偷偷含一颗樱桃的种子
葬到土里,直到树木结实
你来采撷,一颗颗咬开
口中血流殷殷

而滚落在地的那颗
眼珠,忍住不再看你

5月22日

球体之诗

有天晚上,我发现
我开始变成球形
就在发现的那一刻
一切发生了!
——就好像闪电照亮闪电
发现一个现象本身
促成了这现象的产生
我不再是原先的我了
我无法阻止自己在房间里滚来滚去
起初以为地板不平
但很快就感到偏移在加速
过分了,这是怎么回事

几乎整个翻转过来
我怀疑,哦不,我意识到
重力正在消失
但又如何解释我凭借哪种力
始终依附于房间的同一个面
而不被抛离?房间开始晃动,颤抖
开始翻转。哦这不真实!
像果实成熟的树被顽童猛烈摇曳
我不得不在这堆满纸箱和书本的
房间里滚来滚去
我努力控制灵魂对平衡的渴望
我寻找缝隙以便顺利通过
以便减少磕碰——桌腿,沙发脚
一次次把我撞得生疼!但每次我喊叫
那声音就快速被我的身体吸回
这使我变得似乎更大、更浑圆

啊救命。显然不断有什么从后面
和斜上方的某个架子,某个吊灯
向我掉落——那盐罐砸到我肩膀!
那从巴西寄来的明信片割破我脸颊!
显然纷至沓来的那些卡片,茶包,胸针
海洋纪念品,那沙发底下的虫尸,时间的
病态收藏品,那本写霍乱的小说,乃至服丧中的
曾喧响不息的钟表,啊,那多次刺痛我的
　一沓处方笺
十几双袜子(和他们跟随我走过的路)
实际上不大可能再使用的一块皂
有时是叹息,角落里响起的
一支悲伤的曲子,有时仅仅是
一张写有几个浮浪词语的稿纸
(如礁石乱立的废弃海滩)
我的身体无法停止将这一切

吸收进来,像饥饿的必须吞食
而当我越来越鼓,惊恐于即将炸裂的
那一刻,美妙的那一刻
我闭上眼睛
意想不到的事发生了——
我发现——
就好像发现一个现象本身
促成了这现象的产生——
顿时,我处于一种狂喜但平静的
悬置状态,一切戛然而止
在狂欢节忽然终结般的
死寂中,我终于可以调整呼吸
就像为了不忘记一个梦
而在醒来时连忙记下
我终于要对着那群
刚刚转身离去的幽灵的背影

口述这首尚未消失的
球体之诗

5月24日

我亦在镜中

不再仰赖钟表我便能读取时间
聆听天空变暗就能感知到
黄昏将尽

无须睁眼,凌晨三点五十分
当鸟儿开始啾鸣
便见到天由黑而青而蓝

在暴雨打湿地面的狂乱字迹中
辨认出时间
在变得熟甜的水果上
慢慢尝到时间

雨声渐弱,孩童玩闹声渐响
铁生锈,竹叶则逐流而下
以蝴蝶振翅的频率换算
是一生,抑或是一瞬?

在暗房的显影中,时光驻留
在流云变幻的形状,星辰移转的语言
树影的翕动,及花朵开合的姿容之上
时间如何保守巨大的秘密

不再仰赖钟表了
如今我渐掌控身体之钟表——
以肋之琴骨,心脏之鼓点,胸腔之共鸣箱
合奏于时间

涉过幽暗的河,以脉搏之深

以血之淙淙，汇入时间的洪流
时间此刻便停在我身上休息
而我从镜中来，我亦在镜中

     5月24日

先觉

我在出席我葬礼的宾客名单上
找到了我的名字

自然,我不会划去它
好让我
可以混杂人群之中
站在身体外面

我躺在那儿
不再有人唤我起身
我躺在那儿——
既以在场者,又以缺席者

像死过很多次的人
也像第一次死的人

而我必不再听,不再看
不再似此刻愚钝地想象
这一切是如何发生
又将如何终结

　　　　　　　　　　　5月27日

回忆风情画

偏离自身已远
还愉快走着,拷贝摇摇欲坠
髅架空空。甚至在城中旅行也危重
小跳步,海雾中摇落苦杏仁的光辉

门外,苍白者的世界
早已装束一新
嘘,听幼鹭鸣声鬼魅般穿插
枯木于内部翻页,寂静则出奇垮塌

空气陡峭得可憎
一再攀向斜上方波峰

直到握住睡眠冰凉的骸骨
渴望唤回梦中人

那年在蓝港乘夜车归去
楼群魅影黢黢如泡沫箱
自水底浮出。巨大的建筑物
如幕线下失态的酒徒纷纷跌向我

秋将尽,环路之堤蚁穴累累
每当我们失去对一物的回忆
耐心也慢慢死去,树皮层层剥去
大雪便砍向树枝,使其压弯一寸

       5月28日

握住蛇骨

天色渐暗时,我体内的沉默
便离开我。积蓄已久的喧哗
令舌头发麻

于室内游览
苍蝇来与我聚会
只有稍长与稍短的相伴

快门,空格,回车
嗒嗒嗒,探戈,深夜
鬼扯,盲盒,自测
仍然保持清澈

乳白色的黎明
鹅黄一片的残骸
砖在吠叫

不再依靠钟表去确认时间
不再依靠触摸去感受物的形状
不再听，不再去观察而得以观察

不再摆弄语言去描述所处的状态
不再骇然，不再分享
同等的恐惧

我坐在我的形状里
直到天彻底撕开
河水每一次解冻……

静默像一个悉听斩首的幽灵
在客厅与卧室之间走来走去

握住——
那柄扭转着的蛇骨!

5月29日

诗

我捡来石头
搭建成一座城堡

其余石头默默待在原地
自成一个世界

6月3日

解除静默

静默已久,一度
疑心是否还能开口说话

镜前,以目光撑开嘴唇
察看舌头笨拙弹跃

发出声音——
衣柜般沉闷
推拉门般嘶哑而不连贯
大喊,唯恐造成雪崩

壁球一样弹回来我的声音

砸在脸上，加重我的沉默

夜深出门走到大街上
拆掉石膏重新下地走路
摘下蒙眼布
像适应黑暗那样适应光亮

现在，一阵冷风来了
掀起我皱褶的帘幕
我的声音是个巨大的掩体
躲藏着众多避难者的静默

6月5日

偷火车

我就是我的轻
我的脚就是我的脚步声
我注视着你的眼神就是我的眼睛

我所恐惧的就是我的恐惧
我的犬吠声就是我的犬
我一再退回其中的创伤就是我的治疗

我不在那里的两小时之内发生的事情
就是我所做的事情
我与之辩论的就是我的诡辩

我还想告诉你
我没有对你说出的那些话
就是我要说的所有

我的脱臼就是我灵活的骨关节
我脱口而出的就是我的沉默
我的谜底就是谜面本身

        6月6日

环龙环游记

在环龙,为了找到 3236 号商铺
不得不在偌大的一层兜兜转转
迷失于错综的路径,在商铺间折返
多像一只茫然无绪的蚂蚁
在曲折漫长的蚁穴内奔忙

是谁,设计了这迷宫般的商城
每一个转角,每一间门面都酷肖!
克隆现实的秩序令人心生困惑
又是谁草草赋予它们纷乱的编号——
3209 与 3126 相邻,3320 挨着 3226!

又是谁,在更高处编纂了
这本巨大又费解的百科全书
而我,总在同义反复间闪回
于众多旁逸斜出的页码现身
却永远无法找到揭示自身奥义的词条

                        6月11日

38

后来,我不写诗了
嫌词短促
句子僵直
我写 3946
写尼克路柴猫路和九个腰路
写奥秘可溶
写 siff2022
也写写风景
在一片不可消除的空旷里写风景
甚至只是看
只在那一刻看
——不为将来回忆它

我写三十八岁

写小猫在纸盒里打滚

写夜里醒来的雨

一阵阵打在床上

写呼吸和屏住呼吸的拔河比赛

我写生

我写死

6月15日

露的痕迹

1

水,沙子,再无可能凝固之物
我们钟爱的事物表象
向自身凹陷

一切脸庞暗中窃取你脸庞的
线索——每一皱褶,每一暗纹
每座桥,每夜密密匝匝的睡眠

因而每每投去一眼
每一回望,都可见
你在其中倏然闪现

2

十根手指,十支颤巍巍
——随时会燃尽的蜡烛
让我们将夜雾与歧途分别指认

让我们将破碎之物
归入不同歌队

将光悄悄围拢
引向那幽居高塔之人
旧公园与影厅永远无法照亮

3

噙着夜灯给予的标尺变幻
在高不见顶的塔上
你要如何赦免
大地上的涌蚁

你将如何遁入其后的生活
俯瞰种种渺然之物?

光芒押解黑暗背着手走过
召唤已睡下的人们起身

我们是上世纪的遗民
庆祝和伤感遭到禁绝
鱼类尤喜猜疑的祖先
沉默之霜涂满了嘴唇

4

死亡倒伏在我枕头上
每一株都生长
每一夜都安静

而我只是露的痕迹

6月23日

死囚的漫步

如何向你描述我身体里的那场风暴呢?
就像我并不知道如何向你描述亚细亚
和盐的诞生

当树枝倒下,呆头鹅摇摇摆摆走来
车灯只一照,松枝上的懒雪
顷刻齐刷刷撒落

我的几个影子还在楼下相互追逐
我的呼吸像铁锈生长在铁上
镜子则不断移动它的边界

后来,我见到许多人
刚刚逃脱漫长的幽禁
又投身生活那更大的牢狱

这就是为什么,我总是
暗暗想到我的死,那呼吸之饵
为草影在水上的摇撼感到惊奇

这就是为什么
我不能穿过整夜整夜的喧嚣
不能穿过离奇却茫茫的生命走向你

7月6日,南京

开始之前一切就已终结

唯一真实的是雾,当我们
整夜耽延其中,像落入陷阱的小兽
担惊受怕。我的舞,我腰肢的扭结

然而死亡仍对我兴趣不减
此刻它正蹲伏在我枕头上
窥伺着我的睡眠
如此安静,那骇人的天真!

唯一未解的是追忆
未免有太多时日待我们耗尽
太多河堤我们还未并肩走过

每至夜晚,我就去见习死亡
仿佛那里有一个至深的奥秘
等待我参透。以远离他而接近他
在开始之前一切就已终结

7月7日,南京

地表 60 度

我的一个影子化掉了
在大太阳底下
大街上的游魂无声躲闪

一张张脸塌缩在伞的阴影里
像损坏的数据无法读取
那些从你生命中逃逸的人

人类需要休息！但人类
——只知奔忙
紧急刹车失灵，直冲下坡

找到我了吗？伞队下面
闪转的我。而那黑暗里
有一块真正属于我的地方

7月12日

我和那沉闷的世界

倏得开敞——
我和那沉闷的世界隔着眼皮
而眼皮之神正端坐于惯常所在的席位
把那久远的光抻长,揉成团
又扯碎成星星点点,吹散为灰烬
像蝶蛾或更虚渺的光的小虫
自死亡那沉重之匣微微开启的罅隙挣脱
而重获新生。而我的眼就是茧
是体育馆无人奔跑的黄昏
是水滴自龙头垂坠许久之后的坠落
是饲养黑暗的马槽里咀嚼的声响
——要摆脱这一切,就要从黑暗

那巨大的安全地带出来
不得不重拾艰难的策略
与白日的种种纷扰一次次殊死搏斗
直到变得衰弱、疲惫
再次摔下睡眠那黑黢黢的山崖
直到无法被任何事物理解、认同
被任何人呼唤与搜救

       7月13日

回忆赋格

当还是个孩子时,我就认得死亡
死亡是蓝天的瞪视,是烤箱里
一块块码好的小熊饼干

当还是个孩子时,我常常读寓言
要独自走夜路轻手轻脚,要蜷在黑暗里
等待大人的脚步声纷纷走远

死亡总诱我深睡。而我的家乡
是一座永远回不去的小城
我怀念迷宫般的窄街暗巷
怀念曾在河边盗月亮的人

我们被生在那里,天还蒙蒙亮的雨里
蝉鸣的浪潮一次次被击退,而树影
像彼此勾连的巨兽,自窗外往里窥探

家,并非堆积回忆的寓所。所有摆件
相框里的风景,旧钟表,重叠的纸页
将在闪电划亮时失去它们的嗅觉

哪儿都是破碎。后来家也拆毁了
我藏在夹板里的信件去哪儿了呢?
夹在书里的眼泪呢?蝴蝶和树叶标本呢?

我们被赤条条生在那遗忘的国度
就像一群弃婴。要习惯船的颠簸
而我们的父我们的母就是那船
漂去了别的家园

还有眼泪可流的人啊,请不要忘记我们
还有旅程未上路的人啊,请不要
把我的家乡寻找。我的家乡
是一个不可言说的幻象!

旅行箱里有我遗忘的一切
旅行箱里,默默蹲着
我每日的死亡

当还是个孩子时,我透过树丛
张望天空。死亡是蓝天的瞪视
风是破碎。家乡是一座回不去的小城

还有眼泪可流的人啊,请不要怜悯我们
还有时日可虚度的人啊,请不要

讥笑我们这些步履蹒跚的异乡人

我需要一位陌生的同伴
听我念一首诗，一首诗自它发出的
喧响中逃遁，消失到静寂里

我需要一位熟悉地形的智者
指给我方向——那山涧迸出的清泉
将把我苍老、嘶哑的歌喉滋润

我需要，我还需要一位盲眼的向导
引领我走到黑暗里去
即便那黑暗总令我目眩头晕

7月14日

露水的人

人,我们灵魂的创面上
结满露水——分离又汇合
好似痛苦充满童心的嬉戏

太阳升起,露水消匿了
我们又要作为人走在大街上

我们又要作为人
感受市场的嘈杂,群蝉噪鸣
而林木幽深不可窥探

7月16日

我的灵魂是一座迷宫般的房子

我的灵魂是一座迷宫般的房子
总在打开一扇又一扇门
我的灵魂冷冽,如石底泉
寻找过路人的渴意

我作为人的那一部分
已经永久地消融于岭上之雾
夕光在车窗浮浮沉沉
昏昏欲睡

我的灵魂在雨中独自漫步
我的灵魂在梦中翻来覆去

我的灵魂在梦中烧别的梦
直到幻影如瞬息纷纷散尽

我的灵魂在天井里望月亮
我的灵魂是看不见的手
掷出的骰子

我的大部分时间
都被作为人的那个我占用了
因此，作为蝉鸣声
作为一滴水在水龙头
久久垂坠不落时，我不再思考

因为思考会带来
无休止的忧烦，而人生的真谛是休息
在繁忙中找到空隙休息

就像在大洋中找到小岛
在冷漠、嘈杂的市场找到宁静的斗室

就像一头临终的象,默默离开象群
来到僻静之地,我的灵魂独自潜入深林
猎犬也无法追踪

我的灵魂深藏倦怠。时常
会为我作为人的那部分感到悲哀
就像林木掩护蕨类疯长
镜子照出空无,蝶在锈上死

我的灵魂在泪水里获取知识
我作为人的不可动摇的那一部分
必将遭大海遗忘

我的灵魂起身去客厅喝水的窸窣响动
惊扰了旷野的整个寂静

7月20日

每日逃亡

每天都在路上逃亡
每天离自己远一点

把昨日的浮沫撇去
把花房装饰一新
在旅店,人行道和防波堤
光之蜕一层一层脱落

惹眼的黄昏迅捷又迟缓
晃过行人眼镜的
一只畏光的蝙蝠

堵上耳洞！否则
车之塞壬将钻入你耳
装修队与救护车尖啸不止
热浪里怪物敲窗

虚拟的雪崩重创数字人
哑者的沉默是一门
无比深奥的语言

每日的倦容即为征兆
每日逃离自己一点点

在地铁站就像在防空洞
与众多逃亡者聚首
距离那么近
却相对无言

8月4日

抵达的预感

凌晨两点三十八分
从浅睡中醒来
列车停靠鹰潭
一座从未来过的城市
现在,足足有十四分钟
我鸦雀无声地躺在
它的心脏里
像一枚松针
落入雪地

8月17日,Z247,列车经停鹰潭站

几乎一样真实

有没有想过

那白天里双手沾满血腥的人

晚上也和你一样

下厨房,剥开橘子,给心爱的人打电话

在暗下来的房间里听勃拉姆斯

跳舞。躺下——如此真实

睡前洗干净手

在海浪相似的节拍里

入梦。几乎一样疲倦

几乎一样不愿醒来

8月21日

诗人应当保持沉默

很多年前,当一位朋友说"这很特拉克尔"时
我特意去找特拉克尔的诗来读
当一位读者严肃地指出"模仿佩索阿到拙劣"
我很好奇是哪一首,哪里相像
有一次,和猫弟在宛南五村喝羊汤
我聊到那段时间的一个梦
那梦的结构神似博尔赫斯
"当我写下与博尔赫斯相通的感受时
我并不能确定我是在模仿他
还是和他取得了某种默契"
也就意味着,当我写下那首诗
我并不知道写下它的是我,还是丝绒陨

抑或是博尔赫斯在我的诗中说话?
——因此我迟迟不写那首诗
这时,一位年轻的市政工人
猛地上来大力抓握我的胳膊
像要把什么人从我身体里拽出来
"你这牛Ｘ吹大了吧!"而后扬长而去
我猜想,众多古老的声音
会混入我们的声音,随时
想要侵夺,想占据绝对主动
而无数个影子在诗行里逡巡不散
如果分不清是谁在此刻说话
诗人们是否应当保持沉默?

8月24日

无法参透奥义之诗

我们将宽恕家具
我们将接回风暴里的孩子和搁浅鲸鱼的骸骨
对于那些苍白之物的巡游队伍
我们将给予最大限度的支持

我们将告别豪华屋顶的庇护
再一次走入寒碜的荒野
我们将和树叶一起呼吸
维系最亲近死亡的生存

我们和月亮布下的陷阱道晚安
我们举高蜡烛,以支撑火的瀑布

就像某种狡猾的生物
若你凝视，它便消失
观看本身阻止我们看见
不看时，却清晰分明

8月31日

失语指南

标点是消失的帐篷
风吹草原,排浪的分行术

小雪贫瘠。他亲历每一次死亡
都成为作为一个整体的一部分

随身携带的把戏使损伤减轻
而每次他巡游至此的爱
都成为无以援引的孤例

是的你看:明亮的
已松弛下来,正如寂静的

将要尾随他穿街走市……

基于你的消失
建立一条月光的轨迹
面孔里,星星跌落

燃烧已将他耗尽
幽瞳中隐隐微微,杯中之火
蛇一般游入黑石底的访谈录

9月22日

星期四到土拨鼠的短途旅行

车身摇晃中,我迎来水波的疑惑

他们会魔法,他们肯定会!

一低头,一滴水把我的裤腿烫了个
洞

搁板上的宇宙是一个最沉闷的宇宙
——它敞开,且写满疑惑

就像每年春天成群的大马哈鱼溯流而上

平面图不满于它所在的是一个乏味的平面。

每天早晨和我在同一间咖啡馆吃早餐的
　　那位女士
已经有一个多星期没有现身了

波点鱼的感光度可以高也可以低
蛋糕鱼则对甜食提不起兴致

为火焰验伤的人背着手走向夕阳
吵架鱼的生活充满争吵，对噪音却很敏感

当她游入昏暗地带，身体就变得柔软
累加的疲累注满她，众多同伴的声音也
累加给她——她感到烦躁

对于摆脱的渴求促使她睡眠胶质的结合

荷在石缝间探头探脑
弱光环境里的一丝光线也会被捕捉

喝至微醺的树跳起舞来真不矜持
不知疲倦地发起邀约的风一点儿不绅士

众多生命中的外人在我的世界里进进出出

我自白昼的边缘慢慢接近夜晚的重心

风又眠,雨又不止
厌世者与厌旧者无话不谈

渡鸦和鲸鱼分享着同一片天空

萤火虫点亮音符

黄昏染上旷野综合征
破碎的焕然一新

墓园里所有人走过一道浅白的深黑

界碑
界碑
界碑

走过去的人没留下多少回声
"多久了,多久了啊?"我问
多少年过去了,尘土也赶了好远的路

我跟踪我自己走过象鼻街和瀑水街

为出海未归者祈祷

松的十二种时态,镜子的反光
闷窒在孩童拱握掌心的蚂蚱
回家的路径

万物的钟表封存内心的分秒

所有人从这里走过
对话终因一方的消失而自行终止

并不觉得我是多余的
无论置身何处,我可以不在那儿

举目是游泳的树木

发蒙的手足,而浮泛的悲哀随行
我们的布洛芬俱乐部

大雪扫码
消防车出动了

断尾的壁虎把尾巴留在
这首诗里

狂欢节的催泪弹一下子驱散了全城的失眠者

9月22日

两次死亡

一方面,为了情节在那一处
迸溅出别样的火花
小说家精心安排了他的死亡

像布置一个高智商罪案的现场
杀他于无形,不见血
那现场充斥着冷酷无情的美学

另一方面,那个被"安排"了死亡的人
还活得好好的,出于谋生的需要
几分钟前正疯狂追赶一班地铁

你看他从人群中闪转的身段
你看他飞身下台阶时险象丛生
是否正像小说家笔下层叠环扣疑云密布？

他当然还不知自己已死过
要是知道，以他缺乏安全感的个性
必定早早就在办公桌上写起了遗嘱

就算他哪天真死了，小说家也无从得知
唯苦了死神手拿簿子一脸困惑："你明明已
　　死过。"
他还得设法辩解："这真是我第一次死。"

而我们的小说家，归根结底是个难被定罪的
　　小偷
只不过是在那间餐馆众多闹哄哄

午餐时段的一个
恰巧在邻桌，听到他向你和我
　　聊起一桩往事罢了

死神也是这样一位写小说的惯犯

10月5日

热敏纸风暴

1

事出有因:重读佩雷克的一本书时
她曾用作书签的热敏纸
掉了出来

热敏纸上
写着一首诗

它就像是那书中所说的最后一块

拼图

与全幅拼图所缺的一块
形状不符

如此说来,就是缺失的一块

2

你知道我在说什么
你想说:也许只是随意
夹在书中而已

并不意味着要留下讯息
就像河水冲刷
留下淤沙
河道也许堵塞

3

赌博:你会在多久之后
重新打开一段过去的时光?

4

你就坐在咖啡馆门前正对广场的座位上
行人往来如织,哦你的视网
你坐在日落前的一个盲点
所有人没注意到你

你的手臂搁在铁制扶手上
外部世界像一个活物
通过温度的改变
调控你情感的冷热

凉气从脚底钻入
沿着胫骨往上
在关节处打转
继续往上

铁制扶手吸收的寒冷
也慢慢浸入你的肘
往全身蔓延

你摸摸胸口
——在那里它们会合

哦,夜的爬山虎

5

整个下午麻雀落在脚边
享受着快速进餐者
遗漏的面包屑

哦,辉煌的分餐制!
广场短暂的热量检测
和尘土的拓扑学

6

你注视他们仿佛没在注视
你目光之柱的关节已遭侵蚀

你注视,仅仅如诱使

——他们必定如你所愿
进入你的视野,你的限定焦段
那些停下谈话的熟人
那些急匆匆的赶路者
那些陌生人

很好,你不认识他们其中任何一位

那些蠓虫,蚊子,苍蝇
落入网心

还有个头偏大的蝶蛾
你的视线快速绕圈,缠缚它们
你这可怖的绳艺师!

7

而你坐在那儿俨然一位
看透这一切的绝食者
面对那个下午像面对
新出炉的整个面包

——等它们变冷,变干硬
变成一块早晚会生苔的石头

你怎会如此冷漠?

正如对于那些落网的猎物
一旦捕获,你马上对它们
失去了兴致

8

你读它们仿佛没在读

那已在消失的
缺失部分

你的目光反复
缠缚的那个肉身
只是空无

湿壁画逃逸，图腾柱腐蚀，雕像毁坏
越来越重的网

你只关心遗忘，你相信抽屉深处
藏匿有被销毁的部分

你反复看那空白
雪下了又下

但现在你从那琐事中逃离了
现在你如了愿

      10月5日

很多雨下在我身上

现在是休息时间
连火焰也觉倦怠

在梦中荒原披衣夜行的
是一位忧郁的大师

而众多阴影左摩右擦
徘徊在门槛,如群集的蝙蝠

阻碍我的将是试图与我同行之物
雨群之中,幻象幽幽呼我的名
鹿的直觉,狼的思索

雾中的野狐足以惑人的踪迹

而我就在我的声音里筑巢
巨大的恍惚将我撂倒在地

无法看见更多，无法爱更多
茫茫然寻而无获，深渊望我

自从我降生于世
很多雨下在我身上

我身上燃烧着
雨之边境

                      11月7日

小练习

向下,倾吐黄昏的火舌
倾斜至雨雾中的小练习
读取嘶哑之歌的小练习
与爱人素未谋面的小练习

冒雨,落水和逃亡的小练习
接骨,缝合,取出子弹的小练习
消融于夜色,铁青的小练习

降调的小练习,聆听的小练习
偶尔成为他者
偶尔,比不幸的人更不幸的

小练习

将听到飞蛾振落
两块石头流血，在旷野被分开
你搜索并标注在夜空的船底星
你肩胛骨的地形……

将持有伞，将持有观看
下一次落日的票券
将遁入匮乏之门，在经验里漂泊的
小练习

失重的小练习
与尘埃亲昵的小练习
在空荡荡房间布满烟雾的小练习
异乡人的小练习

穷尽我身体的图卷
取出冷笑那发颤的匕首的小练习
肉搏的,当热情耗尽时
慢慢松懈下来的小练习

抢救盆栽的小练习
抢救无效的小练习
吊唁的小练习

拍打手鼓,在心里
修筑混凝土大路的小练习
以手推车一车车运走回忆的小练习
静置与烘干的小练习

孤绝的小练习

每天杀死自己一次的小练习
仍然去爱陌生人的小练习

为了不让天平总是倒向坏人一边的
小练习

独自活着独自死去的小练习
航向月亮的小练习
在人间的小练习

      1月16日—1月25日

图书在版编目（CIP）数据

阿兹海默兽 / 丝绒陨著. -- 上海：上海文艺出版社，2025. -- ("巧合"诗丛). -- ISBN 978-7-5321-9266-3

Ⅰ. I227

中国国家版本馆CIP数据核字第20256Z88M9号

责任编辑：江　晔　贺宇轩
封面设计：昆　鸟
封面插画：苏　端

书	名：	阿兹海默兽
作	者：	丝绒陨
出	版：	上海世纪出版集团　上海文艺出版社
地	址：	上海市闵行区号景路159弄A座2楼 201101
发	行：	上海文艺出版社发行中心
		上海市闵行区号景路159弄A座2楼206室 201101 www.ewen.co
印	刷：	苏州市越洋印刷有限公司
开	本：	1092×787　1/32
印	张：	4.125
插	页：	6
字	数：	59,000
印	次：	2025年5月第1版　2025年5月第1次印刷
ＩＳＢＮ：		978-7-5321-9266-3/I.7268
定	价：	35.00元
告　读　者：		如发现本书有质量问题请与印刷厂质量科联系　T:0512-68180628